_____의 보물상자

보물상자

1년을 쓰고 50년을
간직할 독서노트

【산티】

저에겐 아주 특별한 친구가 있습니다. 70대 일본인 친구인데 한국을 아주 좋아해서 한국어를 배우고 한국 사람들을 만나며 한국어로 된 책을 읽고 지금은 한국과 자신의 인연에 관한 글을 쓰고 있습니다.《나의 문화유산 답사기》를 완독하고는 일본어로 번역해서 친구들과 나누기도 하고, 일 년에 한 번은 친구들과《답사기》를 보며 한국으로 여행을 오기도 합니다. 여행을 하고 나면 꼭 기행문을 써서 보내주는데 그 글이 참 좋습니다.

저는 신기하기도 하고 정말로 궁금하기도 해서 "어떻게 알게 되었어요?" "몇 번이나 다녀가셨어요?" "어떤 점이 그렇게 좋아요?" 만날 때마다 여러 가지를 물었더니, 며칠 전에는 자신이 어떻게 처음 한국을 알게 되고 좋아하게 되었으며 지금 이렇게 글까지 쓰게 되었는지 알려주기 위해 자료를 가지고 한국에 왔습니다.

"어렸을 때 한복을 보고 '참 예쁘다'고 생각했어요. 그 전에는 한국 사람을 몰랐어요. 1967년에 처음으로《조선》이란 책을 읽고 좀 알게 되었던 것 같아요. 그 전에도 한국전쟁과 여러 사건이 있었지만 조금 더 자세히 알게 된 것은 역시 책을 통해서였다는 걸 생각해 내고 이 목록을 찾아봤어요." 그러면서 자신이 읽은 한국 관련 책 258권의 목록이 적힌 42년간의 독서노트를 내놓는 것이었어요. 순간, 저는 속으로 많이 놀랐고 말로는 어떻게 표현이 안 되는 깊은 감동을 받았습니다.

저는 좋은 것을 보면 따라하고 싶어집니다. 좋은 사람을 보면 그를 닮고 싶고요. 예전부터도 책을 읽으면 읽은 책 목록을 적어두기도 하고, 읽고 싶은 책의 목록을 적어두기도 하고, 읽으면서 좋았던 구절을 옮겨 적기도 했지만, 그것들이 한 곳에 모여 있지도 않고 그때그때 적어둔 곳도 달라 정리가 안 되는 느낌이었습니다. 한 곳에 모으고 싶다는 생각도 했지만 옮겨 써야 할 양도 만만치 않은데다가 시간도 없고 또 엄두도 나지 않아 생각만 하다가 해를 넘기곤 했습니다.

그러던 차에 일본인 친구의 한국 관련 책만 기록해 놓은 42년 된 독서노트와 그 외의 다른 책들을 기록해 놓은 52년 된 독서노트를 보면서, 저처럼 적당히 게으른 사람들을 위한 독서노트를 만들면 좋겠다는 생각을 했습니다. 한 해에 100권 읽기를 목표로, 자신이 읽은 책의 목록을 적어두는 칸도 만들고, 그 목표를 어떻게 이룰지 스스로 다짐하는 목표 세우기 란도 만들고, 게을러질 때면 다시 한 번 마음 추

스를 수 있도록 돕는 좋은 글귀도 넣어서 말입니다. 물론 이 노트에서 가장 많은 분량을 차지하는 건, 책을 읽으며 밑줄 그었던 부분을 옮겨 적는 페이지입니다.

한 권의 책을 읽고 난 뒤 밑줄 그어둔 부분을 옮겨 적는 일이 책 읽는 것보다 더 많은 시간이 걸리지만 저는 30년 넘게 하고 있습니다. 쓰다 보면 책 한 권을 서너 번 읽는 것 같지요. 맛난 음식을 아껴가며 꼭꼭 씹어 먹는 느낌입니다. 그렇게 써서 모은 공책을 저는 '보물상자'라 여기며 보관하고 있는데 때론 그 공책만 하염없이 읽기도 합니다. 옮겨 적은 부분만 읽어도 그 책을 읽었을 때의 감동이 잔잔히 되살아납니다. 아름다운 산길을 사랑하는 친구와 함께 걷는 듯한 기분, 좋은 책을 오래오래 간직하고 있는 듯한 이 소중한 느낌이 얼마나 좋은지요.

교사로 일했을 때 아이들에게 책 읽는 재미를 붙여주려고 아이들에게도 '독서노트 쓰기'를 소개한 적이 있습니다. 독후감은 죽어라 쓰기 싫어하는 아이들도 이렇게 옮겨 적게만 하면 독서노트 쓰는 시간을 즐겨 하게까지 되더군요.

물론 자신의 느낌을 덧붙일 수 있다면 금상첨화겠지만, 그렇게 하지 않아도 옮겨 적은 부분만 읽으면 충분히 그때의 느낌이 되살아날 테니, 적당히 게으른 사람들에게는 무엇보다 좋은 독서노트가 될 수 있습니다.

이 보물상자 안에는 책과 독서에 관한 여러 명사들의 이야기도 담겨 있습니다. 보물상자를 채워가다가 잠시 숨을 고를 때나 다시 게으른 마음이 올라올 때 한 편한 편씩 읽어보세요. 건강한 자극제가 되어줄 거예요. 이 자리를 빌려서 좋은 글을 써주신 도정일·이용훈·조유식·정란희·이권우·김연수·최은숙 선생님께 깊은 감사의 말씀을 드립니다.

★ 이 노트의 '옮겨 적기' 페이지 하단에 작은 글씨로 들어가 있는 글귀들은 다음의 책과 독서에 관한 명언 중에서 발췌하여 담았습니다.
　— 《독서와 이노베이션》·정을병·청어
　— 《어느 독서광의 생산적 책 읽기 50》·안상헌·북포스
　— 《독서 기술 – 나를 바꿔주는 책과 만나는 기술》·하이브로 무사시·종이나라
　— 《책만 보는 바보》·안소영·보림
　— 《감옥으로부터의 사색》·신영복·돌베개
　— 《아이의 두뇌를 깨우는 하루 15분, 책 읽어주기의 힘》·짐 트랠리즈·북라인
　— 《성공의 문을 여는 마스터키》·찰스 해낼·산티

저는 살면서 참 잘했다고 생각하는 일 가운데 하나가 책을 만나고 책을 좋아하게 된 것이라 여깁니다. 요즘은 돋보기한테 날마다 감사하다는 인사를 하지요. 그러고 보니 주변 사람들과 아이들에게 책 읽는 기쁨을 알게 해준 것도 잘한 일이라고 할 수 있겠네요. 제 주변에는 제가 권해드리는 책이 좋아 20년, 30년 넘게 만남을 이어오는 분들이 있습니다. 책 선물이 인연이 되었다가 나중에는 오히려 저의 멘토가 되어주신 분도 계시지요. 나이 들어가는 분들을 가만히 보면, 확실히 책을 읽으며 삶을 가꾸어가는 분들이 특별히 더 아름다운 것 같습니다.

그런데 한 번은 '도서관 친구들cafe.daum.net/librarychingu' 중에 30대 젊은 엄마인 한 친구가 도무지 책 읽기가 안 된다며 걱정을 했습니다. 그 친구는 노래하고 공연하고 가르치는 일은 누구보다 잘할 자신이 있는데 책 읽기만은 도무지 안 된다며, 어쩌면 좋겠느냐고 했습니다. 아이가 자신을 닮아 책 읽기를 싫어하면 어쩌나 걱정도 해가면서요. 제게는 쉬운 일인데 누군가에게는 어떤 일보다 힘든 일이라는 사실을 알게 해준 친구입니다.

저는 책 읽기를 어려워하는 친구들에게 이렇게 권합니다. 우선 쉽고 재미있는 책부터 읽기 시작할 것. 아무리 유명한 책, 고전이라 해도 어렵고 재미없는 책은 저만큼 던져둡니다. 하지만 나중에 보고 싶을 때가 있을지도 모르니 아예 없애버리지는 말고요. 그저 그림책이나 동화책, 잡지, 만화라도 좋으니 재미가 있고 기쁨을 주는 책을 골라 천천히 읽습니다.

그리고 조금씩이라도 날마다 읽는 것이 중요합니다. 책 읽기를 좋아하고 열심히 읽던 사람도 일이 생겨 2주일만 손을 놓으면 다시 읽기가 쉽지 않다는 것을 알게 된답니다. 줄줄 읽히지 않아서 익숙해지는 데 시간도 필요하고 힘도 들지요.

외출할 때 가방에 책 한 권 넣고 다니는 것도 좋은 방법입니다. 언제나 책을 곁에 두는 것이 책과 친해지는 가장 빠른 길이니까요. 그러자면 집 안 여기저기에 책을 두는 것도 좋겠지요. 거실에도 두고, 식탁, 부엌, 화장실, 화장대, 침대 밑에도 두고 책상에도 펴둡니다. 더 좋은 방법은 독서대를 준비해서 여기저기 펼쳐두는 것이지요. 눈길 갈 때마다 자연스럽게 읽게 되니까요.

책 좋아하는 사람을 친구로 만드는 것도 좋겠습니다. 친구가 권해주는 책을 읽고 함께 이야기도 나눌 수 있다면 더 좋겠지요. 조금 용기가 생기면 동네 도서관의 독서 모임에도 가보고요.

읽다가 멋진 문장을 만나면 밑줄을 그어두는 것도 누구에게나 꼭 권하는 방법입니다. 도서관에서 빌린 책이라도 연필로 살짝 그어두라고 말씀드릴 정도로. 만약 밑줄 그을 문장이 열 개 이상 생기면 반납하고 서점에 가서 한 권 사 읽으면 되겠지요. 그 정도의 책이라면 내게 잘 맞는 아주 중요한 책일 테니까요.

읽고 난 뒤 책 제목과 저자, 읽은 날짜만이라도 독서노트에 기록해 두기 시작하면 좋은 독서가가 되었다고 생각합니다. 밑줄 그은 문장을 옮겨 적을 수 있게 되었다면 열렬 독서가가 될 조짐이 보이는 것이고요.

이만큼만 하고 나면 스스로 길을 찾을 수 있게 됩니다. 책은 읽어가다 보면 스스로 길을 열어 보여주는 것 같아요. 다음 읽을 책이 보이기 시작하거든요. 책 읽는 기쁨도 함께 옵니다. 사람의 인생은 살아가며 어떤 사람과 만나고 어떤 책을 만나는가에 따라 그 빛깔과 향기가 달라지는 것 같습니다.

'올해부터 죽을 때까지 1년에 책 100권씩 읽기.'

열일곱 살, 여고 1학년 때 한 이 결심을 오십이 넘은 지금까지 지키고 있다는 한비야 씨 이야기를 읽었습니다. "이참에 1년에 100권 읽기 운동 본부도 열었으면 좋겠다"는 그녀의 말에 저도 혼자 손뼉을 치며 좋아했습니다.

3년 전쯤 저도 처음으로 1년에 100권 읽기를 따라해 보았습니다. 새해 첫날 그해의 목표를 묻는 신문 기자의 질문에 "책벌레가 되자, 100권에 도전하자"라고 재미있게 답변한 한비야 씨를 보며 저도 난생 처음 '올해의 계획'이라는 것을 수첩에 써보았습니다.

- 동화책 50권 읽기
- 그림책 50권 읽기
- 그 외의 책 100권 읽기
- 미루지 않기
- 날마다 새롭게 시작하기

물론 그 전에도 1년에 최소한 100권은 넘게 읽었다는 느낌은 들었지만 정확하지는 않아서 한번 써가며 읽어보기로 했습니다.

기사를 읽으니 한비야 씨는 책을 고르고 읽는 방법도 재미있었습니다. 만나는 사람들마다 요즘 무슨 책을 읽는지 묻고 추천도 받아 나름의 목록을 만들어두고, 읽고 나면 체크를 해서 목표를 향해 나아간다는 것입니다. 그 안에는 물론 말랑말랑한 책, 무겁고 심각한 책, 남들이 허접하다고 취급하는 책까지 챙겨 영양실조 걸리지 않게 골고루 넣는다고 하네요.

저는 목록을 정해놓고 시작하지는 않고 그때그때 읽은 책으로 목록을 만들어갈 수 있게 수첩 뒤쪽에 따로 공간만 만들었습니다. 'ㅇㅇㅇㅇ년 여희숙의 독서 기록장'이라는 제목을 붙여 독서노트를 만들면서 사실 조금 불안하긴 했습니다. 그동안 목표를 정해놓고 뭔가를 해본 적이 없는데다 무엇보다 마음만 먹고는 성공해 본 경험이 많지 않아 실패하면 어쩌나 하는 걱정 때문이었습니다. 그래서 실천 계획이나 행동 지침쯤으로 '미루지 않기, 작심삼일이 되지 않도록 날마다 새롭게 시작하기'라는 두 가지 목표를 더 보냈지요. 그래놓고 보니 슬그머니 웃음이 나왔습니다. 교사로 지내는 동안 아이들에게 목표를 세우게 하고 그 목표를 이루도록 잔소리를 했던 지난날의 제 모습이 떠올라서요.

그런데 신기한 것은 이렇게 목표를 세우고 나자 책 읽는 양이 거짓말처럼 늘어났다는 것입니다. 1월을 보내면서 적어놓은 노트를 보니 벌써 20권을 넘어가고 있는 책 목록표가 보였습니다. 책 목록이 한두 권씩 늘어갈 때마다 말로 표현할 수 없는 즐거움을 느낀다던 한비야 씨 기분을 저도 충분히 알 수 있었지요.

사람 마음이란 것이 참 간사합니다. 목표를 정해놓고 일을 하는 것이 억지와 구속으로 여겨져 싫었던 적이 많았는데 말입니다. 속으로는 '진즉에 나도 이렇게 해볼걸 그랬나' 하는 생각이 들었습니다. 게다가 그 해에는 행운도 따라주었습니다. 한 방송국에서 책 읽어주는 프로그램을 진행하게 되어 일주일에 세 권은 반드시 읽어야 했으니 100권 읽기 목표는 일찌감치 성공을 예감할 수 있었지요.

계획을 세우면 좋은 점이 하나 더 있습니다. 도저히 바빠서 낼 수 없을 것 같던 '책 읽는 시간'이 신기하게도 자꾸 생겨난다는 것이지요. 새벽이나 점심, 저녁, 늦은 밤, 출퇴근 시간도 좋고, 친구나 아이 기다리는 시간, 사이사이 자투리 시간도 잘 살펴보면 보입니다. 그래서 마음먹고 책에 빠질 수 있는 주말의 한때는 특별한 시간을 선물로 받은 기분이 되기도 하지요.

계획을 세우고 그것을 그대로 실천하는 일은 누구에게나 생각만큼 쉬운 일은 아닌 것 같습니다. 그래서 선배들은 날마다 새롭게 시작하라고 했겠지요. 새해를 맞듯 늘 새롭게 시작할 수 있다면 결코 늦는 법은 없을 것입니다.

나이 오십이 넘어 책 읽기 계획을 세우고 날마다 새롭게 시작하기로 마음먹은 덕에 요즘은 아침마다 잠에서 깨어나면 혼자 속말을 합니다. '새 날이구나. 고맙다. 참 고맙다'라고. 그리고 잠들기 전에도 이야기합니다. '오늘 하루도 참 고마웠다'라고. 아주 오랜만에 목표를 정하고 한 걸음씩 나아가는 책 읽기를 하며 날마다 새로운 시작을 하게 된 것입니다. 고마운 일입니다.

자신에게 맞는 목표를 정합니다

누구나 한 해에 100권 읽기를 목표로 할 수는 없을 것입니다. 절대적으로 시간이 부족하거나 몸이 불편하거나 아직 책 읽기가 익숙하지 않은 분도 있을 테니까요. 무리하게 목표를 세우기보다는 자신에게 맞는 양을 정해 그것을 달성해 보는 경험이 앞으로 10년, 20년을 내다볼 때 훨씬 중요할 수 있습니다.

하루 중 언제, 몇 분씩 시간을 내서 읽을지를 정합니다

우선, 하루에 몇 분씩 혹은 몇 페이지씩 읽을 수 있을지 생각해 보고 계획을 짭니다. 예를 들어 출근길 전철 안에서 20분, 회사에서 점심 먹고 10분, 집으로 돌아오는 퇴근길에 20분, 잠들기 전 20분 이상. 이렇게 하면 따로 시간을 많이 내지 않아도 하루 한 시간 이상의 독서 시간을 확보할 수 있습니다.

목표한 양을 달성하기 위해 필요한 시간을 따져봅니다

자신이 읽고 싶은 책의 권수를 먼저 정하고 그것을 소화하기 위해서는 하루에 얼마만큼의 시간을 책 읽기에 할애해야 하는지 계산할 수도 있습니다. 아이들에게 물어보면 "500권이요!" 이렇게 대책 없이 말하곤 합니다. "1년은 365일인데 500권 읽으려면 하루에 한 권 이상 읽어야 하는데 가능하겠어?" 이렇게 되물으면 얼른 "300권이요" 하고 줄입니다. "그래도 일요일 빼고 하루에 한 권씩 읽어야 되는데?" 하고 물으면 그제야 머릿속으로 계산을 해보고는 "50권이요" 하고 줄입니다. 50권도 적은 숫자는 아니지요.

여하튼 이런 식으로 계산을 해보면 목표를 달성하기 위해 며칠에 한 권 꼴로 읽어야 하는지 답이 나옵니다. 그러면 하루에 얼마의 시간을 책 읽기에 투자해야 하는지 자연스럽게 계산되겠지요. 그렇게 목표를 정합니다.

보충할 시간을 따로 마련합니다

한 주 한 주, 계획한 대로 안 되었을 경우, 바로 보충할 시간이 있으면 계획에 큰 차질 없이 나아갈 수 있지만, 계속해서 밀리는데 보충할 시간이 따로 없으면 나중에는 아예 포기하게 되기 때문에 보충 시간을 반드시 마련해 놓도록 합니다.

중간 점검을 하고, 목표를 달성하면 자신에게 상을 줍니다

한 달에 한 번이든 분기별로 한 번이든, 아니면 책의 권수로 정하든 자신이 세운 계획을 중간에 점검할 수 있도록 계획을 짜고, 목표를 달성하면 자신에게 스스로 정한 상을 줍니다. 예를 들어 '오래 전부터 사고 싶었던 백과사전 한 질 사기' '1박 2일 독서 여행권 선물하기' '내가 좋아하는 시민 단체 후원 신청하기' 같은.

'저자와의 만남' 행사 참여도 계획에 넣어봅니다

한 달에 한 번 혹은 분기에 한 번은 '저자와의 만남' 행사에 참여해 보세요. 저자와의 만남에 갈 경우, 그 작가의 책을 최소한 한 권은 읽게 되지요. 마치 데이트 준비를 하는 사람처럼 기분 좋은 만남을 상상하며 읽게 되니 그 책이 더욱 재미있습니다. 물론 책을 읽지 않고도 저자를 만날 수 있습니다. 만남의 재미나 깊이는 살짝 덜할 순 있겠지만요. 그래도 괜찮습니다. 그를 만나고 나서 그의 책에 더 관심을 갖게 될 테니까요. 글로 만나는 것 못지않게 저자를 실제 모습과 육성으로 만나는 것도 그 책과 더 가까워질 수 있는 방법입니다.

책을 읽으며 밑줄을 긋습니다

처음부터 "책은 끝까지 꼼꼼히 읽어야 해!" 하기보다 차례 먼저 슬슬 보고 재미있겠다 싶으면 후루룩 넘기며 끝까지 한 번 가보고, 그러고 나서 처음부터 다시 조금 빨리 끝까지 가봅니다. 책 읽는 뇌 활동을 연구하는 학자들은 처음엔 2초에 한 장씩 넘기고(후루룩 넘기는 기분), 다음엔 10초에 한 장씩 넘기는 정도로 읽으라고 합니다. 그러고 나서 필요하다면 정독을 하라고 합니다. 그렇게 하면 책 읽기도 재미있고 내용 파악도 쉽다고 하네요. 이렇게 천천히 읽어나가면 어느 틈에 책에 쏙 빠져드는 자신을 발견하게 되겠지요. 읽다가 재미없으면 처음엔 조금만 참고 읽어보고, 그래도 재미없으면 그만 읽으면 됩니다. 크게 부담 갖지 않아도 되니 책 읽기가 훨씬 쉬워집니다.

그러나 읽다가 보면 눈이 번쩍 뜨이고 가슴에 화살처럼 박히는 문장을 만나게 됩니다.

> 사람 가운데에도 정말 불빛과 같은 밝음과 온기를 지닌 분들이 계십니다. 그래서 그런 분들은 존재하는 것만으로도 주위가 밝아지고 따스해지고 나아가서는 주변 사람들까지도 더불어 따뜻한 마음을 갖게 만듭니다. 그리고 그런 분들은 꼭 특별한 분들이 아닙니다.
> ─ 김사인 님의《따뜻한 밥 한 그릇》에서

> 기다림은 더 많은 것을 견디게 하고, 더 먼 것을 보게 하고, 캄캄한 어둠 속에서도 빛나는 눈을 갖게 합니다.
> ─ 신영복 님의《감옥으로부터의 사색》에서

마음까지 따뜻하게 해주는 글입니다. 이럴 때면 잠깐 숨을 멈추거나 눈을 감게 되기도 하지요. 이런 글을 만난 기쁨도 아주 특별합니다.

책을 읽다 보면 뭔가 새롭고 신기한 것을 배웠을 때처럼 "아, 그렇구나!" 하는 감탄을 자주 하게 됩니다. 바로 이 순간, 이것들이 인간에게 긍정적인 사고와 깨달음을 선사해 준다고 하지요. 깨달음이라고 하면 불교에서 말하는 견성 같은 큰 깨달음을 생각하지만, 그리 크지 않아도 우리는 책을 읽으며 소소한 것을 계속 깨닫게 됩니다. 긍정과 깨달음의 연속인 것이지요. 깨달음이 많아지면 자기도 모르는 사이 저절로 변화가 일어납니다. 독서의 힘이겠지요.

옮겨 적습니다

"다정함은 사랑보다 더 중요하단다. 다정하다는 건 사랑을 나눈다는 뜻이야."

《나무소녀》라는 책을 읽으며 밑줄 그어놓았던 문장을 옮겨 적습니다. 그러고는 가만히 소리 내어 읽어봅니다. '사랑보다 더 소중한 것은 사랑을 나눈다는 것이구나……' 다시 한 번 읽으니 더 단단히 마음에 새기게 됩니다.

"엄마가 죽어간다. 잠깐씩 엄마와 이야기해라."

그 책에는 이런 말도 나옵니다. 아버지가 임종을 앞둔 엄마와 마지막 이야기를 나누고 밖으로 나와서 아이들을 한 명씩 엄마가 누워 있는 방으로 들여보내며 하는 말입니다. 그 장면을 읽었을 때 아득해지던 느낌이 떠올라 또다시 가슴이 싸-아 해집니다.

"엄마, 군대도 전쟁도 없는 데로 가세요. 꽃이 활짝 피고 수탉들도 조용히 우는 곳으로 가세요. 평화롭게 쉬세요. 사랑해요 엄마. 엄마를 평생 잊지 않을 거예요."

아이들의 마지막 인사가 문득 펜을 잡은 손에서 힘이 빠지게 합니다.

교사로 있을 석에는, 새로운 학년이 시작되면 그 전에 썼던 공책을 모두 가지고 오게 해서는 쓰고 남은 부분을 잘라낸 뒤 크기대로 모아서 새로운 공책을 한 권 만들게 했습니다. 큰 스테이플러로 묶어만 주면 아이들이 표지도 만들고 예쁘게 꾸미기도 합니다. 그렇게 직접 만든 공책을 아이들은 참 좋아해서 소중하게 생각하며 꼬박꼬박 쓰는 아이들이 많아집니다. 1년 동안 이렇게 쓰는 습관을 들여놓으면 평생 쓰고 싶어지지 않을까 하는 바람이 있었지요.

언젠가 일본의 노벨 문학상 수상작가인 오에 겐자부로 선생의 수필집을 읽다가 이와 비슷한 구절을 발견하고 혼자 싱긋 웃었습니다.

> 어린 내가, 자기 마음에 든 책에서, 고전도 포함해서 한 구절을 옮겨 적는 습관을 들인 것은 무엇 때문이었을까요? 우선 책을 사서 내 것으로 하기가 꽤 어려웠다는 점을 꼽겠습니다. 이웃 마을에 책방이 있었지만, 새로운 책이 들어오지 않았습니다. 돈도 없었습니다. 그렇지만 역시 그것은 내가 종이에 글을 옮겨 적는 일을 좋아하는 소년이었기 때문입니다. 몇 번씩이나 옮기면서 정확하게 익히려는 마음도 생겼습니다. 부정확하게 익히는 것은 익히지 않는 것보다 훨씬 더 나쁘다고 아버지가 내게 말씀하셨습니다. 그리고 나는 확실하게 책에서 익힌 것을, 그것도 재미있게 언제나 이야기 도중에 집어넣을 수 있는 사람을 존경했습니다.
> ─《'나의 나무' 아래서》에서

선생은 이렇게 옮겨 적어 만든 공책이 피아노 상자에 담아야 할 만큼 많다고 합니다. 놀랍고 멋진 일이지요. 아이들에게 이 이야기를 소개하였더니 "선생님, 저는 피아노 상자 두 개를 채울래요"라며 눈을 반짝반짝 빛내기도 했는데 지금은 얼마나 하고 있을까요?

밑줄 그은 부분들만 다시 읽으면서 꼭 옮겨 적어두고 싶은 구절들을 다시 추려 옮겨 적는 일은 마음이 여유롭고 편안한 날 내용을 음미하며 해도 좋지만, 마음이 번잡하거나 괜히 우울할 때 해도 좋습니다. 옮겨 적는 동안 점점 마음이 평안해짐을 느낄 수 있거든요. 필사가 명상법의 하나인 이유가 짐작이 되기도 합니다.

때로는 옮겨 적은 글귀 밑에 자신의 느낌을 적어두는 것도 좋습니다. 그 문장이 왜 특별하게 여겨졌는지는 사람마다 다르고 상황에 따라 다를 수 있으니까요. 일기

나 독후감을 따로 쓰지 않아도 이렇게 독서노트에 자신의 느낌을 보태어 적는 것으로도 생각의 흐름이나 문제를 바라보는 시각, 당시에 있었던 일이나 심경의 변화 같은 것도 살필 수 있어 일거양득입니다.

그냥 읽기만 하면 금방 잊어버리지만 옮겨 적으면 오래 기억될 뿐만 아니라 무의식의 세계에 입력되어 의식 세계에 직접적인 변화를 일으키게 된다고 하지요. 또 언제든 필요할 때 되살려내는 데도 매우 효과적입니다. 손으로 쓰는 것은 우뇌를 자극하여 적극적으로 활성화시키는 역할도 한다는데, 우뇌 교육의 중요성은 강조되고 있지만 어렵지 않게 우뇌를 개발하는 손글씨 쓰기는 소홀히 하는 것을 보면 안타깝기도 합니다. 게다가 옮겨 적은 것을 가끔 소리 내어 낭독을 해본다면 한 권의 책을 적어도 다섯 번 이상 읽는 효과를 얻을 수 있습니다.

목록을 만듭니다

읽은 책의 목록을 다음과 같이 '내가 만드는 목차'에 적어둡니다.

순서		제목	지은이	출판사	분야
1	문숙의 자연치유		문숙	샨티	에세이
2	성공의 문을 여는 마스터키		찰스 해낼	샨티	경제경영
3	평화가 깃든 밥상		문성희	샨티	요리

쪽수	읽은 날짜	평가		기타	페이지
224p	2015.10.1~2015.10.7	☆☆☆☆☆	더 많이 비우고 싶다		1
312p	2016.1.1~2016.2.5	☆☆☆☆☆	하루 한 구절씩 다시 읽기		4
224p	2016.1.1~2016.1.20	☆☆☆☆☆	만들어 본 요리 체크하기		7

- **분야**는 문학/ 인문·사회/ 취미·실용/ 자기관리/ 비즈니스와 경제/ 종교/ 자연·과학/ 문화·역사/ 만화/ 어린이 등으로 나눌 수 있습니다. 그보다 더 세부적으로 나누어 문학을 소설, 에세이, 시 부문까지, 종교를 기독교, 불교, 종교 일반 등으로 기록할 수도 있을 것입니다. 이렇게 나누어놓고 보면 자신의 독서 성향도 알 수 있고, 독서의 균형을 맞추는 데도 도움이 됩니다.

- **쪽수**는 읽은 책의 총 페이지 수를 적는 칸입니다. 1년 동안 읽은 책의 총 페이지 수를 합산해 365로 나누면 하루에 몇 페이지나 독서가 가능한지 계산할 수 있으므로 다음해 독서 계획을 짤 때 도움이 됩니다. 하루 1페이지씩만 더 읽어도 365페이지짜리 책 한 권 분량이 된다고 생각하면, 자투리 시간도 더 유용하게 쓸 수 있습니다.

- **읽은 날짜**에는 시작 날짜와 마지막 다 읽은 날짜를 적어둡니다. 어떤 때에는 동시에 두세 권씩 읽게 되므로 날짜가 겹칠 수도 있지만 상관없습니다.

- **평가** 칸에는 별 다섯 개를 기준으로 표시할 수도 있고, 1점에서 10점까지 점수를 매길 수도 있습니다. 최고점을 받은 책들의 경우, 저자나 출판사를 기억해 두는 것도 다음 책을 고르는 데 도움이 될 수 있습니다.

- **기타**에는 자신의 느낌이나, 추천해 준 사람, 읽게 된 동기, 추후에 할 일 등 추가로 기록해 두고 싶은 사항을 적어두면 됩니다.

- **페이지** 칸은 밑줄 그은 부분들을 옮겨 적어놓은, 이 독서노트《보물상자》의 페이지를 적는 곳입니다. 예를 들어 나중에라도《평화가 깃든 밥상》의 밑줄 그은 구절들을 읽고 싶을 때《보물상자》7페이지를 열면 바로 만날 수 있습니다.

- **읽고 싶은 책 목록**은 읽고 싶은 책들, 앞으로 읽어나갈 책들을 적는 공간입니다. 이 부분은 노트 맨 뒤에 있습니다. 친구에게 권유받은 책이나 서평을 읽고 좋았던 책, 신문 기사에서 언급되었던 책 등 나의 호기심을 끄는 책들을 잊어버리기 전에 수시로 써 넣습니다.

동시에 여러 권을 써도 좋아요

이 독서노트를 저는 한 다섯 권 정도를 동시에 쓰려고 계획하고 있습니다. 생각해 보니까 관심을 가지고 꾸준히 보고 있는 책의 종류가 크게 대여섯 분야는 되는 것 같아서요. 독서, 토론, 동화, 그림책, 도서관, 인물 이야기, 그리고 그 외의 책. 어느 정도 책 읽기를 즐기고 있는 사람이라면 서너 권을 동시에 읽기도 하니 이렇게 노트를 여러 권으로 나눠 기록하는 것도 좋습니다.

낭독회를 엽니다

모임을 할 때 각자의 《보물상자》를 가지고 와서 자신이 소중히 여기는 보물을 꺼내 함께 나누는 일이 '작은 낭독회'의 모습으로 여기저기서 소박하고 아름답게 열린다면 얼마나 좋을까요? 그럴 때 글귀 밑에 적어둔 느낌까지 함께 읽어주거나 그때의 느낌이 이랬노라 설명해 준다면 훨씬 풍성한 나눔이 될 수 있겠지요.

독서 교육에도 활용할 수 있어요

키요자와 만시는 내면의 자족에 이르는 것이 신심의 정점이라고 하면서 이렇게 말합니다. "생선을 즐겨 먹지만 생선이 없다 해서 불평하지 않는다. 재물을 즐기되 그 모든 재물이 없어졌다 해도 눈 하나 꿈쩍하지 않는다. 높은 벼슬자리에 앉기도 하지만 그 자리에서 물러날 때 아까워하지 않는다. 지식을 탐구하되 남보다 더 안다 해서 뽐내지 않고 남보다 덜 안다 해서 주눅 들지 않는다. 으리으리한 저택에 살 수도 있다. 그러나 산 속에서 밤하늘 별을 보며 잠자리에 드는 것을 경멸하지 않는다. 좋은 옷을 입지만 그 옷이 더러워지고 찢어져도 태연하다. 이와 같은 품성을 지녔기에 신심을 얻은 사람은 자유인이다. 아무것도 그를 가두거나 가로막지 못한다."

불교 에세이 《겨울부채》에 나오는 말이라 합니다. 도종환 시인이 이 부분을 옮겨 적어 자신의 생각도 보태서 편지에 보내준 것입니다. 이 글을 읽고 나니 저는 이 책을 구해 읽어보고 싶은 마음이 커졌습니다.

아이들도 이런 마음일까요? 동화책을 읽다가 밑줄 그어 옮겨두었던 것을 꺼내 그 부분만을 조금씩 읽어주면 나중에 그 책을 도서관에서 빌려와 읽고 있는 아이들을 만날 수 있습니다. 애써 "읽어라"고 하지 않아도 되어서 좋지요. 아이들에게 책 읽히는 방법을 고민하는 선생님과 어른들께 권하고 싶은 일이기도 합니다.

나의 독서 계획 ★

내가 만드는 목차

순서		제목	지은이	출판사	분야
1					
2					
3					
4					
5					
6					
7					
8					
9					
10					
11					
12					
13					
14					
15					
16					
17					
18					
19					
20					

쪽수	읽은 날짜	평가	기타	페이지

내가 만드는 목차

순서	제목	지은이	출판사	분야
21				
22				
23				
24				
25				
26				
27				
28				
29				
30				
31				
32				
33				
34				
35				
36				
37				
38				
39				
40				

쪽수	읽은 날짜	평가	기타	페이지

내가 만드는 목차

순서		제목	지은이	출판사	분야
41					
42					
43					
44					
45					
46					
47					
48					
49					
50					
51					
52					
53					
54					
55					
56					
57					
58					
59					
60					

쪽수	읽은 날짜	평가	기타	페이지

내가 만드는 목차

순서		제목	지은이	출판사	분야
61					
62					
63					
64					
65					
66					
67					
68					
69					
70					
71					
72					
73					
74					
75					
76					
77					
78					
79					
80					

쪽수	읽은 날짜	평가	기타	페이지

나에게 책읽기란

어느 날 나는 군고구마 한 봉지를 싸들고 하굣길의 그를 '스토킹' 하면서 그 놀라운 변신의 비밀을 캐물었다. "너 어찌 그리 똑똑해졌냐?" 군고구마 덕인지 그는 내게만 보여준다며 가방에서 뭔가를 꺼냈다. 빽빽하게 써 내려간 공책이었다. 《이방인》《산상수훈》《채근담》《죄와 벌》 같은 제목들이 얼핏얼핏 눈에 띄었고, 공책에는 책에서 따온 인용문, 요약, 질문이 가득 적혀 있었다. 말하자면 그의 '독서노트'였다. 나는 물론 그 노트도 벤치마킹했다.

고교 시절, 내게는 두 개의 엉뚱한 자만이 있었다. 공부는 내가 하기로 마음만 먹으면 언제든지, 얼마든지 잘할 수 있다, 그러니까 공부는 많은 시간을 바쳐 할 만한 '사업'이 아니라는 게 첫번째 자만이었다. 실제로 나는 국어, 영어, 국사, 지리 같은 인문계 과목의 경우 머리 싸매고 공부한 적이 없었다. 그런데도 그 과목들의 성적은 늘 꼭대기 수준에 오르곤 했다. 두 번째 자만은 대학에 대한 경멸이었다. 대학을 돈 내고 청춘 바쳐 다닐 만한 데가 아니라고 생각했다. 이 자만은 나름의 객관적(?) 근거가 없었던 건 아니지만, 그보다는 그 시절 내가 대학에 갈 만한 형편이 안 되어 '여우의 신포도' 같은 심리적 반동이 작용한 게 아니었을까 싶다.

이런 자만을 심어준 주범은 친구 K였다. 1학년 때 그는 소리 소문 없이 학교에서 사라졌다가 반년 만에 복귀했는데, 이 '돌아온 장고'는 이전의 K가 아니었다. 공부 잘한다는 축에 끼지 않던 그가 몰라보게 똑똑해지고 목소리는 낭랑해지고 얼굴에는 자신만만한 미소가 넘쳐흘렀다. 절에 가서 여섯 달 동안 책만 읽다 왔노라 했다. 놀라운 것은 수업 시간에 그가 던지는 질문의 수준이었다. 또래들이 감히 생각도 못할 철학적 질문을, 그것도 엄청 유식한 어휘들에 싸서 던지는 그를 보면서 나는 큰 충격에 빠졌다. 그는 학교 공부 따위는 우습게 안다는 눈치였고 대학 같은 데는 가지 않는다고 공언했다. 나는 그를 '벤치마킹'했던 것이다.

어느 날 나는 군고구마 한 봉지를 싸들고 하굣길의 그를 '스토킹' 하면서 그 놀라운 변신의 비밀을 캐물었다. "너 어찌 그리 똑똑해졌냐?" 군고구마 덕인지 그는 내게만 보여준다며 가방에서 뭔가를 꺼냈다. 빽빽하게 써 내려간 공책이었다. 《이방인》《산상수훈》《채근담》《죄와 벌》 같은 제목들이 얼핏얼핏 눈에 띄었고, 공책에는 책에서 따온 인용문, 요약, 질문이 가득 적혀 있었다. 말하자면 그의 '독서노트'였다. 나는 물론 그 노트도 벤치마킹했다.

세월이 흐르면서 나의 자만은 흐지부지되고 독서노트 쓰는 일도 하다말다 하는 꼴이 되었다. 대학을 나올 때까지만 해도 상당량의 독서노트를 갖고 있었는데 다 어디로 흩어졌는지 알 수 없다. 그러나 아무리 바빠도 질문을 메모해 두는 버릇만은 지금도 고수하고 있다. 그리고 고구마를 굽고 삶을 때마다 K와 그의 독서장을 생각한다. 그런 노트를 계속 썼왔다면 내가 지금쯤 얼마나 큰 내공의 부자가 되었을까. 지금의 우매를 넘어 훨씬 똑똑한 생각을 가진 인간이 될 수도 있지 않았을까 한참 아쉬워하면서.

— 도정일(경희대명예교수, '책읽는사회문화재단' 대표)

유득공의 글 상자에서는 옛날과 지금, 동양과 서양의 다양한 기록이 쏟아져 나왔다.
그래서 나와 벗들은 유득공의 글 상자를 진기한 보물 상자라 불렀다.

책을 읽는다는 것은 거대한 변화를 위한 사소하지만 결정적인 시작이다.

★06

책 읽기를 시작하는 것은 인생에서 가장 즐겁고 자랑스러운 변화다.

09 ★

독서를 통한 자기 재발견 역시 자신과 소통하는 행위다.

11 ★

꿈을 갖는 것은 아주 간단하다. 책을 열심히 읽으면 저절로 생긴다.

13★

책을 읽으면 예상보다 빨리 생활 전체가 긍정적이고 풍성하게 바뀐다.

15★

읽은 것을 다시 써보고 정리할 때 책에서 얻은 지식과 간접 경험은 확실한 자기 것이 된다.
글쓰기는 최고의 독서법이다.

17★

책 읽기는 목표를 두지 않더라도 읽는 그 행위만으로도 생각과 삶을 변화시킨다.
그런 변화가 이미 자기경영이다.

독서란 남의 삶과 생각을 읽는 것이다. 남들을 봐야 진짜 자기 자신이 제대로 보인다.

21 ★

독서는 생활의 모든 것을 새로 만들어주는 마법의 프로그램이다.
한번 설치하면 자동으로 작동해서 생활의 운영 체계를 바꾼다.

그냥 보고 듣는 것은 겉을 알게 만들어주지만, 책을 읽으면서 생각하는 것은 속을 깨닫게 해준다.

25 ★

책을 처음부터 끝까지 읽지 않고 제목만 기억해 둬도 큰 힘이 된다.
제목을 외우고 있다는 것은 그만큼 지적 호기심이 강하다는 얘기이다.

27★

독서는 내면에서 변증법적인 변화를 경험하는 작업이다.
그래서 책을 읽고 난 뒤에는 어떻게든 생각에 변화가 생기게 된다.

29 ★

독서와 명상은 방법만 다를 뿐이지 그 결과는 똑같다.

나 에 게 책 읽 기 란

우리의 미션 수행 과정만큼은 진지하
고도 엄숙했다. 그런데 슬슬 변화가 일
기 시작했다. 보름달 빵이 먹고파 붙잡
은 책인데 어느 순간 책 속으로 빠져들
고 있었다는 것이다. 톰 아저씨와 함께
목화 농장에서 채찍으로 두들겨 맞았
고, 소공녀와 함께 다락방에서 눈물지
었으며, 주디와 함께 키다리 아저씨에
게 편지를 썼다.

나 어릴 적 우리 아버지는 밥을 먹듯이 책을 읽으라고 하셨다. 팔남매의 고만고만한 아이들을 앉은뱅이 밥상 앞에 앉혀두고는 아버지가 읽은 책들을 풀어놓기도 하셨다.

　　"냅두시오. 갸들이 뭘 알겠소?"

　　엄마한테 퉁을 들으면서도 밥상머리 독서 조회는 그만두지 않으셨다. 하지만 아버지가 읽었다는 사회, 경제, 문화, 정치, 문학 서적을 이해하기엔 우리 엉덩이는 너무 가벼웠고, 눈은 천진하기만 했다. 그와중에도 나는 애먼 생각을 하며 실실 웃었다. 장화를 신고 들로 나가려던 참에 마루 끝에서 쪼그려 앉아 책을 보던 아버지, 아카시아 잎사귀와 네잎 클로버를 따던 아버지, 엄마한테 한소리를 듣고도 허허 웃는 아버지는 정말 이상했다.

　　어느 날부터는 우리에게 미션을 내리셨다. "책갈피에 꽂아둔 걸 찾아라!"였다. 포상은 자다가도 벌떡 일어날 만큼 맛있는 보름달 빵, 그것도 두 개씩이나! 단 책장을 휘리릭 넘기지 말고 맨 앞장부터 한 장 한 장 읽어야 한다는 조건이 붙었다. 아버지가 안 계실 때, 휘리릭 슬쩍만 넘겨봐도 단박에 찾을 수 있는 틈새 물건을 앞장부터 읽으며 있나 없나 확인해야 했다. 궁금해 못 참겠다며 후딱 뒷부분에서 아카시아 잎을 찾은 언니는 사실이 알려져 행여 보름달 빵을 못 받을까봐 찾고도 아무 말도 못하고 있었다. 우리의 미션 수행 과정만큼은 진지하고도 엄숙했다. 그런데 슬슬 변화가 일기 시작했다. 보름달 빵이 먹고파 붙잡은 책인데 어느 순간 책 속으로 빠져들고 있었다는 것이다. 톰 아저씨와 함께 목화 농장에서 채찍으로 두들겨 맞았고, 소공녀와 함께 다락방에서 눈물지었으며, 주디와 함께 키다리 아저씨에게 편지를 썼다. 그런데 이상한 것은 꼭 가장 끝내주게 재미있는 대목에 아카시아 잎사귀나 클로버가 끼워져 있었다는 것이다. 아무튼 책을 읽다 말고 나는 소리쳤다. 책도 중요했지만 보름달 빵노 중요했으므로.

　　"아부지, 찾았어요!"

　　그러면 아버지는 갈퀴처럼 마른 손으로 머리를 쓰다듬어주셨다.

　　그로부터 서른 해가 지났다. 나는 두 아이의 엄마가 되어 아이들에게 책을 권한다. 그 책을 아무렇지도 않게 받았다가 어느새 재미에 흠뻑 빠져든 아이가 내게 말한다.

　　"엄마, 가장 재밌는 곳에다 왜 밑줄을 쳐놨어요?"

　　아버지의 사랑은 이런 방식으로 내게서 아이에게로 전해지고 있다.

　　아버지, 세 글자가 순식간에 내 눈에 가득 차오른다.

― 정란희(동화작가)

31★

출퇴근 시간에만 책을 읽어도 충분하다는 충고만큼은 모든 독서가들이 똑같이 권하는 사항이다.

★32

33★

책과 친해지는 방법은 어린 시절 좋아했던 책을 어른이 되어 다시 읽는 것이다.

35★

밑줄이나 메모가 주는 또 다른 즐거움이 있다.
다시 읽을 때 자기 자신의 의식과 취향의 변화를 실감하면서 느끼는 즐거움이다.

책은 다른 사람의 말보다 훨씬 더 강한 자극과 충격을 준다.

돈으로 책을 사지 말고 마음으로 책을 사라. 그래야 진정으로 소중한 것을 얻을 수 있다.

41★

책 한 권을 놓고 여러 명이 이야기를 하다 보면 내가 마치 여러 권을 읽은 것 같은 느낌이 든다.

★42

43 ★

마음에 드는 책을 발견하면 그 자리에서 바로 사서 읽어라.
오늘이 아니면 내일은 그 책을 읽지 못할 또 다른 이유가 생길 것이다.

★44

45★

책을 읽으면 지식을 얻게 되고 지식을 얻다 보면 우리는 지성화된다. 이 지성화의 끝은 깨달음이다.

★46

47★

책과 책을 펼쳐 든 내가 차지하는 공간은 작지만,
책과 내 마음이 오가는 공간은 온 우주를 다 담고 있을 만큼 드넓다.

49 ★

진짜 자신에게 소중한 것은 일부러 찾아서 생기는 것이 아니라
많은 것을 보고 듣고 생각하는 과정에서 발견되는 것이다.

51 ★

책 읽기는 지식의 습득, 감정의 순화, 정서적 취미 수단이면서
사람의 마음속에서 핵융합을 일으켜 정신 혁명을 유도한다.

53 ★

세상과 사람에 대한 애정이 깃든 책을 선택하라. 그곳에 힘이 있고 길이 있기 때문이다.

55★

책을 읽는다는 것은 자신을 아는 첫 단계이며 자신의 본질을 바라보는 것이다.

단 30분이다. 하루 30분의 독서가 일생을 바꾼다. 이것은 틀림없다.

독서는 경험이다. 많이 읽을수록 좋아하게 된다.

나에게 책읽기란

혼자서 도서관의 책과 책 사이를 여행
하면서 자신의 편견을 조금씩 깨면서
책을 읽다 보면 하고 싶은 일들을 하나
둘 발견하게 된다.

이 세상에 도서관이 있어야만 하는 다섯 가지 이유

1. **도서관에서는 외롭게 보이지 않을 수 있으니까** 도서관에서는 혼자 앉아 있어도 아무도 신경 쓰지 않는다. 그냥 노트를 펼쳐놓고 낙서를 하고 있어도 다른 사람들의 눈에는 뭔가 심오한 아이디어를 구상하는 것처럼 보인다. 하물며 책을 펼쳐 읽고 있다면 그 사람에게 말을 걸고 싶은 마음은 들지 않을 것이다. 책을 읽는 사람은 전혀 외로워 보이지 않는다.

2. **도서관에서는 서로 연결되니까** 미국 소설에서 몇 발자국만 옆으로 옮기면 영국 소설이나 프랑스 소설을 발견할 수 있을 것이다. 마찬가지로 우울증에 대해서 알고 싶어서 책을 다 읽고 나면 서가는 자연스럽게 행복에 대한 책들로 이어질 것이다. 도서관에 책이 꽂혀 있는 것만 봐도 세상이 어떻게 연결되는지 알 수 있다. 서로 그런 식으로 연결됐기 때문에 모든 책은 독특해지는 것이다.

3. **도서관에서는 편견이 사라지니까** 서점에서 책을 산다고 치면 아예 거들떠보지도 않을 분야의 책들도 도서관에서는 펼쳐보게 된다. 요리에는 관심도 없었다면 요리서 쪽으로 가면 얼마나 다양한 책들이 나와 있는지 알고는 깜짝 놀라게 될 것이다. 도서관에서 내가 발견한 가장 인상적인 책은 세계를 여행하는 철새들에 관한 책이었다.(그런 책이 있을 줄 짐작은 했지만, 정말 있을 줄이야!)

4. **도서관에서는 쉴 수 있으니까** 내가 매일 원하는 일이다. 그러니까 책을 읽다가 나도 모르게 잠드는 일 말이다. 도서관에서 책을 읽다가 자기도 모르게 꾸벅꾸벅 졸게 되는 건 너무나 당연한 일이다. 너무 피곤하면 엎드려서 잠을 자도 좋겠다. 하지만 잠깐 책을 덮고 도서관 밖으로 나가 시원한 바람에 깊은 심호흡을 하는 것도 좋다. 깊게 숨을 들이마시고 깊게 숨을 내쉬면, 온몸이 맑아진다.

5. **도서관은 인류가 꾼 모든 꿈의 저장고니까** 혼자서 도서관의 책과 책 사이를 여행하면서 자신의 편견을 조금씩 깨면서 책을 읽다 보면 하고 싶은 일들을 하나둘 발견하게 된다. 소설가가 되겠다. 좋은 생각이다. 도서관에는 그런 꿈을 키운 사람들이 펴낸 소설들이 가득하다. 정의로운 판사가 되겠다. 역시 좋은 생각이다. 도서관에는 그런 꿈을 이루는 데 도움이 되는 책들이 가득하다. 도서관에서 꾸벅꾸벅 달콤하게 졸았다면, 이번에는 진짜 꿈에 대해서 생각해 보자.

– 김연수(소설가)

61 ★

몸에 영양분을 주려고 시간을 내서 먹지 않는가.
그렇다면 마음의 양식을 먹는 데도 시간을 내야 하지 않겠는가?

★62

63 ★

독서는 정신의 음악이다.

65 ★

독서가 즐거워지는 비결 중 하나는 내가 좋아하는 저자를 찾는 것이다.

67★

책 읽기란 모르는 것을 알아가는 재미를 통해 자기 삶을 확장하는 최선의 방법이다.

69★

71 ★

책을 읽으면서 사람은 변해간다. 손에서 책을 놓는 순간 우리의 변화는 방향을 잃고 허둥댄다.

73★

글을 쓰는 것은 인생을, 그리고 독서를 한층 더 고양시켜 주는 수단이다.

독서를 좋아하게 되면 세상이 좀더 유쾌하고 살기 좋게 될 것이다.

77★

인류가 발명한 커다란 재산은 '책 읽기'와 '글쓰기'이다.
책을 읽고, 메모지에 조금씩이라도 글을 계속 써나가라.

책을 정독하는 것은 좋아하는 책을 느긋하게 자신의 것으로 만드는 것이다.
저자와 나와 책이 하나가 되는 것이다.

81 ★

독서를 배우면 다시 태어나게 된다. 그러면 다시는 그렇게 외롭지 않을 것이다.

★82

독서라는 것은 자기 확인 작업이다. 독서를 함으로써 지금 자기가 무엇을 원하고 있는가를 확인할 수 있다.

우리는 무엇으로 마음을 교육해야 하는가? 두 가지 길밖에 없다.
인생의 경험(부모, 교사)과 인생 경험에 대한 이야기(문학)가 그것이다.

책을 읽는다는 것은 자신의 미래를 만든다는 것과 같은 뜻이다.

89 ★

독서는 천천히 해야 하는 것이 첫 번째 법칙이다. 이는 모든 독서에 해당된다. 이것이야말로 독서의 기술이다.

나 에게 책 읽 기 란

책을 읽는다는 것은 책에 찍힌 활자를
보는 것이 아니다. 책을 쓴 사람과의
대화다. 책을 펼쳐놓고 질문을 던져보
자. 그러면 저자가 대답을 한다. 더 대
화하기 싫으면 그만두면 된다. 그리고
다른 사람을 찾아 다시 대화를 시도하
면 된다.

요즘 책을 읽어야 한다는 말을 많이 한다. 그래야 생각하는 힘이 커지고 상상력이 풍부해져서 창조하는 능력을 기를 수 있다는 이유에서다. 책을 읽으면 창조력이 커진다. 책을 많이 읽었다고 해서 반드시 성공하는 사람이 되는 것은 아니지만, 성공한 사람치고 책을 제대로 읽지 않은 사람이 없다.

문제는 책을 읽는다는 것이 쉽지 않다는 것이다. 공부에는 왕도가 따로 없다고 하는데, 책 읽기도 그렇다. 그러나 잘 읽지 못한다고 지레 기죽을 필요는 없다. 다만 책 읽기를 어쩔 수 없이 해야 할 일로 생각하지 않으면 좋겠다. 쉽지는 않지만 그렇다고 뭐 그리 못할 일도 아니지 않은가. 우선은 내게 필요한 책을 찾아 읽으면 된다. 책을 읽는다는 것은 책에 찍힌 활자를 보는 것이 아니다. 책을 쓴 사람과의 대화다. 책을 펼쳐놓고 질문을 던져보자. 그러면 저자가 대답을 한다. 더 대화하기 싫으면 그만두면 된다. 그리고 다른 사람을 찾아 다시 대화를 시도하면 된다.

좀 더 다양한 책을 읽고 싶다면 도서관에 가서 놀면 된다. 도서관은 여러 사람이 함께 이용하는 '시민의 서재'다. 수천, 수만 권의 책과 훌륭한 저자들이 도서관에 있다. 그러니 아무 때나 시간을 내서 도서관에 가면 언제나 좋은 책과 저자를 만날 수 있다. 게다가 도서관에는 책 말고도 책 읽기와 관련된 프로그램도 많다. 그런 프로그램에 등록해서 듣고 배우는 재미도 쏠쏠하다. 또 독서회 같은 데 가입해서 관심사가 비슷한 사람들과 함께 책을 읽을 수도 있다. 혼자 읽는 것보다 더 즐거울 것이다. 도서관에는 내가 책을 읽는 데 필요한 도움을 얻을 수 있는 전문가인 사서들이 있다. 무슨 책을 읽으면 좋은지, 지금 내게 필요한 책이 무엇인지 궁금하면 언제든 물어보라. 적절한 답을 얻을 수 있다.

도서관은 더 넓은 세상을 향해 열린 문이다. 또 누구에게나 열려 있다. 도서관을 앞으로의 인생을 살아가는 데 손잡고 함께 갈 친구로 삼아보기를 권한다. 도서관에서 책과 함께 어우러져 놀다보면 훌쩍 자란 자신을 발견할 수 있을 것이다.

— 이용훈(도서관 문화비평가)

91★

아무리 유익한 책이라 할지라도 그 가치의 절반은 독자가 창조한다.

93★

나는 그림을 보듯 책을 본다. 아무도 가보지 않은 울창한 숲을, 책은 나에게 보여준다.

95★

삶이 어렵다고 느껴질 때 동화를 읽어볼 필요가 있다.
세상은 우리가 생각하는 것보다 훨씬 따뜻하다는 것을 확인하게 될 것이다.

책이 없다면 신도 침묵을 지키고, 정의는 잠자며, 자연과학은 정지되고, 철학도 문학도 말이 없을 것이다.

★98

99★

독서와 마음의 관계는 운동과 육체의 관계와 같다.

101 ★

충실한 독서가는 다른 사람의 이야기가 가진 힘을 잘 알고 있다.
따라서 같은 책을 읽은 사람들을 많이 만나보도록 하자.

103★

인간이 영혼을 바쳐 창조한 여러 세계 가운데 가장 위대한 것은 책의 세계이다.

105★

책을 가볍게 생각해서는 안 된다. 지금까지의 세계 전체가 결국은 책으로 지배되어 왔기 때문이다.

★106

독서는 고독 속의 대화가 만들어내는 유익한 기적이다.

109★

달리 누리는 것이 없어도 좋으니 그저 약간의 음식으로 배를 채우고
책 속의 글귀들로 머리와 가슴을 채우며 고요히 한 자리에서 살고 싶다.

111 ★

같은 책을 읽었다는 것은, 사람들 사이를 이어주는 끈이다.

113★

책은 생명의 나무요, 사방으로 뻗은 낙원의 강이다.

두뇌의 세탁에 독서보다 좋은 것은 없다. 가장 건전한 오락은 자연과 벗하는 것과 독서이다.

117★

책을 꾸준히 읽을 수 있는 힘은 달리기와 마찬가지로 하루아침에 생기는 것이 아니다. 천천히 조금씩 축적되는 것이다.

독서에 강해지기 위해서는 자신이 재미있다고 여기는 책부터 읽어나가면 된다.

나에게 책읽기란

가끔은 그림이 정말 좋아 물 내리고도 한참 동안이나 책장을 덮지 못한 채 독서 삼매에 빠져 있기도 한다. 몸은 비록 화장실 변기 위에 머물러 있고, 잠시 후에는 지하철을 타고 출근해야 할 처지이지만, 그 순간만큼은 자유로운 영혼이다.

나는 지하철로 출퇴근하는 시간과 아침에 볼일 보는 시간에는 어김없이 책을 읽는다. 화장실에서 읽기에 가장 좋은 책은 화첩이다. 사진집도 좋다. 하이쿠(5,7,5의 음수율을 지닌 17자로 된 일본의 짧은 정형시)까지는 괜찮고, 시집만 해도 길어서 부담스럽다. 글이 많은 책들과 달리 화첩이나 사진집은 그림 한 장을 보고 덮어도 좋고, 사진 두 장을 보고 덮어도 그만이다. 언제든지 볼일이 끝나면 즉각 책장을 덮고 나오면 된다. 어제까지 읽은 대목을 머릿속에 상기시키며 문맥을 따라잡을 필요도 없다. 그저 한 장의 그림을 완상하며 그 순간을 즐길 뿐이다.

매일 아침 나는 커피를 갈아 내려 마시는 것으로 일과를 시작하고, 그 다음 두 번째 일과로 넘어간다. 편안히 볼일 보는 시간. 이 시간이 좋은 이유는 시원해지는 속과 함께 마음도 정화되는 순간이기 때문이다. 일 보는 시간이 길지 않아 글자가 거의 없는 화첩이나 사진집을 본다고 해도 읽는 진도는 매우 더디지만, 그래도 지난 5년간 화장실에서 본 화첩과 사진집이 백수십 권에 이른다. 오로지 아침에 볼일 보는 자투리 시간을 활용한 결과라 내심 뿌듯하기도 하다. 덕분에 그림이나 글씨, 사진 보는 안목도 조금은 생긴 것 같다.

가끔은 그림이 정말 좋아 물 내리고도 한참 동안이나 책장을 덮지 못한 채 독서 삼매에 빠져 있기도 한다. 몸은 비록 화장실 변기 위에 머물러 있고, 잠시 후에는 지하철을 타고 출근해야 할 처지이지만, 그 순간만큼은 자유로운 영혼이다.

책장을 펼치면 암스테르담 반 고흐 미술관의 붓꽃 그림 앞으로, 파리 루브르 박물관의 미켈란젤로의 작품 '숨어가는 노예' 조각상 앞으로, 이스탄불 루스템 파샤의 스테인드글라스 앞으로, 피렌체 아카데미아 미술관의 도나텔로의 작품 '막달라 마리아'상 앞으로, 교토의 오코치 산장 다실 속으로, 그리고 200여 년 전 김홍도가 그렸던 겨울 언덕 나무 사이로 둥글게 떠오른 '소림명월疏林明月' 곁으로, 지금은 사라지고 없는 김정희의 추사체 '촌은구적村隱舊跡' 예서 글씨 앞으로 순간 이동하여 몰입의 즐거움을 만끽한다. 비록 짧지만 매일매일 확실하게 행복을 느끼는 충일의 순간들이다. 나로서는 이 '화장실에서 그림책 보기'가 하루의 시작으로 더할 나위 없이 좋다.

- 조유식(인터넷서점 알라딘 대표)

121 ★

책은 세상 안에 있는 또 하나의 훌륭한 세상이다.
나는 인생을 마치고 긴 잠에 들 때 책을 베개삼아 누울 것이다.

123 ★

책과 가까이 지내다 보면 어느새 책은 따스한 피가 흐르는, 살아있는 벗이 된다.

책을 사느라고 돈을 들이는 것은 결코 손해가 아니다. 오히려 훗날 만 배의 이익을 얻을 것이다.

127 ★

아이는 책 속에 산다. 하지만 그러려면 책이 아이 속에 살아있어야 한다.

129 ★

정말 좋은 책이라고 생각한다면 얼마 있다가 다시 읽어보라.
그때마다 색깔이 다른 연필로 밑줄을 긋거나 메모를 해두면 도움이 될 것이다.

131 ★

좋은 책을 읽는 것은 과거의 가장 뛰어난 사람들과 대화를 나누는 것과 같다.

정말로 시를 이해하려면 되풀이해서 읽지 않으면 안 된다.
한 편의 시를 음미하는 것은 일생의 일이다.

135 ★

인생에서 모두에게 인정받았음을 깨닫는 때가 두 번 있다.
첫 번째는 걸음마를 배우는 순간이고, 두 번째는 독서를 배우는 순간이다.

책을 펴 보지 않으면 책은 나무 조각이나 다를 바 없다.

생각하지 않고 읽는 것은 잘 씹지 않고 먹는 것과 같다.

책을 읽는 가장 큰 의의는 저자와의 대화, 그리고 자신과의 대화를 즐기는 데 있다.

내가 가장 좋아하는 사람은 책을 읽어가며 자신을 깊이 성찰하고, 남에게 늘 배우는 태도를 가진 사람이다.
이런 사람은 만날 때마다 성장해 있다.

정말 좋은 책은 마지막 장을 덮은 후에도 그 소리와 냄새와 이미지가 오랜 기간 우리 곁을 맴도는 책이다.

출판사의 도서 목록을 꼼꼼히 살펴보면, 세상의 동향과 쟁점, 독자의 관심이
어디에 있는지 알 수 있고, 폭넓은 지식과 함께 문제의식도 높일 수 있다.

나는 책 속에서 소리를 듣는다. 머나먼 북쪽 변방의 매서운 겨울바람 소리,
먼 옛날 가을 귀뚜라미 소리가 책에서 들린다.

나 에 게   책 읽 기 란

책을 읽으며 우리는 지금, 이곳이라는
현실의 제약에서 비로소 자유로워진다.
우리를 속박하는 그 모든 것에서 벗어
나는 것이다. 그리하여 우리는 전혀 다
른 시간과 장소로 순간 이동한다. 거기
서 빛나는 정신을 만나니, 어찌 책 읽기
가 샤먼 되기라 하지 않을 수 있겠는가.

당신은 책 읽기가 무엇이라고 생각하는가? 나는 그것이 '샤먼 되기'라 여긴다. 샤먼이란 무엇이던가. 한 자연인이 신령한 그 무엇과 접속해 거룩한 존재가 되어 남의 고통과 슬픔을 덜어주는 것 아니던가. 어디 여기에만 그치더냐. 오늘을 지배하는 무엇인가를 부정하고 더 나은 세계를 우리에게 일러주지 않던가. 책을 읽으며 우리는 지금, 이곳이라는 현실의 제약에서 비로소 자유로워진다. 우리를 속박하는 그 모든 것에서 벗어나는 것이다. 그리하여 우리는 전혀 다른 시간과 장소로 순간 이동한다. 거기서 빛나는 정신을 만나니, 어찌 책 읽기가 샤먼 되기라 하지 않을 수 있겠는가.

이것이 나 같은 책벌레만의 생각일 리 없다. 종교학자 엘리아데도 같은 생각을 달리 표현했다. 그는 말한다. "현대인들은 독서를 통하여 신화가 수행하는 '시간으로부터의 탈출'에 비견될 만한 '시간으로부터의 도피'를 획득하는 데 성공했다"고. 그는 또 말한다. "독서는 현대인을 개인적 시간에서 끌어내어 다른 리듬 속으로 통합시키고, 그를 다른 '역사' 속에서 살게 만든다"고. 책 읽을 적에 우리는 비로소 비루하고 반복되는 일상에서 벗어난다. 현실을 지배하는 시간 단위를 끝내고 전혀 다른 시간대에 돌입하는 것이다. 이 말에 책 읽기의 가치가 오롯이 드러나지 않은가.

현실을 지배하는 중력의 법칙에서 자유롭고 싶은 자, 책을 읽을지니! 그때 비로소 전혀 새로운 존재로 거듭날지니! 우주를 여행하고, 신령한 정신을 만나고, 보이지 않는 세상을 보게 될지니! 그러니, 책 읽기는 샤먼 되기일 수밖에.

— 이권우(도서평론가)

151★

옛사람들이 살아온 시간이 오롯이 담겨 있는 책들을 통해 나는 그들의 시간을 나누어 받기도 한다.

153★

'좋은 책'이란 저자가 의도한 바가 충분하고 적절하게 책 안에 표현된 것,
그리고 완전히 저자 자신이 되어 있는 책을 말한다.

기분이 울적한 날이면 나는 《논어》를 읽곤 했다. 짤막하고 단정한 문장을 읽노라면
어느덧 슬픔이 가시고 마음이 고요히 가라앉았다.

157★

독서는 다만 지식의 재료를 공급할 뿐이며, 그것을 자기 것이 되게 하는 것은 사색의 힘이다.

어떤 책은 맛만 볼 것이고, 어떤 책은 통째로 삼켜버릴 것이며, 또 어떤 책은 씹어서 소화시켜야 할 것이다.

161★

남이 쓴 책을 읽는 데 시간을 보내라. 남이 고생한 것으로 쉽게 자기를 개선할 수 있다.

163★

큰 도서관은 인류의 일기장과 같다.

165 ★

책 속에는 과거의 모든 영혼이 가로누워 있다.

친구를 선택하듯이 좋은 책을 선택하라.

169★

정원은 꽃으로, 집은 책으로 가득 채워라.

당신에게 가장 필요한 책은 당신으로 하여금 가장 많이 생각하게 하는 책이다.

173★

책을 대할 때마다 모든 감각은 깨어나 살아 움직인다. 감격에 겨운 내 입에서 흘러나오는 소리에
온 우주가 다시 깨어 일어나기도 한다.

175★

보기 드문 지식인을 만났을 때는 그가 무슨 책을 읽는가를 물어보라.

177★

자식에게 경서 한 권을 가르치는 것이 상자에 황금을 가득 채워주는 것보다 낫다.

179★

내 생애 가장 행복했던 순간들은 독서를 통하여 얻었다. 독서처럼 값싸고 영속적인 쾌락은 없다.

나 에 게   책 읽 기 란

가슴이 두근두근했다. 나는 그때를 '마
법의 시기'라 이르고 싶다. 2년 뒤 교장
선생님이 의식을 잃고 쓰러져 끝내 돌
아가실 때까지 도서실의 책들을 샅샅
이 훑어 읽으며 시인이 되고 싶다는 꿈
을 키웠다. 그토록 넋을 잃고 순수하게
몰입하는 시기는 그 뒤로 두 번 다시
오지 않았다.

아하, 되돌아오지 않을 그 시절에 나는 마법의 세계로 들어가는 문을 열었다. 도서실이라는 데를 처음 알고 빌려온 책을 되돌려주러 갔다가 다른 책을 한 권 더 빌리고 되돌려주고 하는 동안, 나는 끈끈이 식물에 잡힌 곤충처럼 도서실에 서서히 빠져 들어갔다. 어느 점심시간엔가 책꽂이 사이에 파묻혀 수업 시작종을 듣지 못했다. 도서실엔 교장선생님이 늘 계셨다. 문득 시간이 한참 흘렀다는 느낌에 정신을 차리고 벌떡 일어섰을 땐 이미 5교시가 끝나갈 무렵이었다. 후다닥 달려나가는데 소리가 들려왔다.

"괜찮아, 아까 담임선생님이 데리러 오셨는데 내가 잘 말씀드렸다."

돌아보니 교장선생님이 환하게 웃는 얼굴로 거기 계셨다. 그때는 잘 몰랐다. 그것이 얼마나 큰 여유로움에서 나온 파격인지를. 책 속에 빠져 들어가 있는 아이에게 한 시간의 수업 결손이 오히려 더 큰 것을 줄 수도 있다고 판단하실 수 있는 분이었다. 그 뒤로 청소가 끝난 뒤면 빠짐없이 도서실로 달려갔고, 정신을 차리고 나면 아이들이 다 돌아간 운동장은 텅 비어 있기 일쑤였다. 달콤함과 신비로움에 가슴이 팽창하는 책 속의 세계에 취해 그해가 다 가도록 도서실에서 헤어나올 수가 없었다.

달콤한 추억은 오래가지 않았다. 교장 선생님이 중풍으로 쓰러진 것이다. 그분은 곧 어느 시골 학교로 내려가셨고, 우리 집도 시골 외갓집으로 살림을 합쳐 들어가게 되었다. 내가 전학을 가게 된 학교 이름을 보시고 담임선생님이 말씀하셨다. "교장선생님 가신 곳이네, 네가 교장선생님 따라 전학을 가는구나."

교장선생님은 손을 꼭 잡고 가슴이 뭉클하도록 반겨주시면서 열쇠 하나를 내미셨다. "도서실 열쇠야. 선생님께 말씀드려서 얻은 거야. 마음껏 드나들어. 읽고 싶은데 없는 책이 있으면 언제든지 말을 해." 가슴이 두근두근했다. 나는 그때를 '마법의 시기'라 이르고 싶다. 2년 뒤 교장선생님이 의식을 잃고 쓰러져 끝내 돌아가실 때까지 도서실의 책들을 샅샅이 훑어 읽으며 시인이 되고 싶다는 꿈을 키웠나. 그토록 넋을 잃고 순수하게 몰입하는 시기는 그 뒤로 두 번 다시 오지 않았다. 목발을 짚고 천천히 교정을 거닐다 마주치면 활짝 웃으시던 나의 교장선생님. 내가 국어 선생이 된 것은 권순안 교장선생님 그분 때문일 것이다. 《분홍신》《알라딘과 요술램프》《하이디》《피노키오》《아기별과 바위나리》, 나중엔 《서유기》부터 《이수일과 심순애》까지. 그 책들은 줄거리 이전에 어떤 느낌, 제각기 고유한 빛깔로 내 어딘가에 스며들어 있다.

교장선생님의 몸은 이제 한줌 흙으로도 남아 있지 않을 것 같다. 주머니 속에서 만지작거리던 열쇠도 어느 때인가 사라졌다. 그리고 세월이 흐르고 나는 도서실을 담당하는 국어 선생이 되어 교장선생님을 추억한다. 나도 모르게 도서실에 오는 아이들을 눈여겨보는 것도 그분 때문이다. 마법의 문 앞에 서 있는 어느 아이에게 도서실의 그 열쇠를 물려주고 싶은 것이다

– 최은숙(시인, 청양중 교사)

읽은 책이 한 권이면 한 권의 이익이 있다. 하루 종일 글을 읽었다면 하루의 이익이 있다.

183 ★

독서할 때는 눈으로 보고 입으로 읽고 마음으로 해독해야 한다.

185★

새로운 책을 구해 책상 위에 올려놓으면 늘 가슴이 두근거린다.
책장을 펼치면 바람결에 와삭거리는 아득한 풀밭이 그 속에 들어 있을 것만 같다.

단지 도착하기 위한 여행이라면 불쌍한 여행이며, 끝을 알기 위한 독서라면 가련한 독서이다.

독서에 쓴 만큼의 시간을 생각하는 데 써라.

책을 지니는 것은 저자의 두뇌를 가방이나 손에 지니고 다니는 것이다.
이 동행으로 우리는 자신만의 경험에 갇히지 않게 된다.

괴로운 마음을 위로받고 싶을 때는 책으로 달려가라. 책은 언제나 친절하게 당신을 대할 것이다.

195 ★

지식은 실천에서 나와 실천으로 돌아가야 참다운 것이다.

새로운 분야에 입문하는 가장 좋은 방법은 입문서와 함께 그 분야의 잡지 1년 치를 먼저 읽어보는 것이다.

199 ★

틈나는 대로 유득공은 아이들에게 옛이야기를 들려주었다. 역사는 책장 속에
고이 모셔져 있기보다 팔딱팔딱 뛰는 아이들의 가슴속에 자리해야 한다고 여기는 그였다.

읽고 싶은 책 목록

순서	제목	지은이	출판사
1			
2			
3			
4			
5			
6			
7			
8			
9			
10			
11			
12			
13			
14			
15			
16			
17			
18			
19			
20			

읽고 싶은 책 목록

순서		제목	지은이	출판사
1				
2				
3				
4				
5				
6				
7				
8				
9				
10				
11				
12				
13				
14				
15				
16				
17				
18				
19				
20				

순서	제목	지은이	출판사
21			
22			
23			
24			
25			
26			
27			
28			
29			
30			
31			
32			
33			
34			
35			
36			
37			
38			
39			
40			

읽고 싶은 책 목록

순서	제목	지은이	출판사
41			
42			
43			
44			
45			
46			
47			
48			
49			
50			
51			
52			
53			
54			
55			
56			
57			
58			
59			
60			

순서	제목	지은이	출판사
21			
22			
23			
24			
25			
26			
27			
28			
29			
30			
31			
32			
33			
34			
35			
36			
37			
38			
39			
40			

읽고 싶은 책 목록

순서	제목	지은이	출판사
41			
42			
43			
44			
45			
46			
47			
48			
49			
50			
51			
52			
53			
54			
55			
56			
57			
58			
59			
60			

순서	제목	지은이	출판사
61			
62			
63			
64			
65			
66			
67			
68			
69			
70			
71			
72			
73			
74			
75			
76			
77			
78			
79			
80			

읽고 싶은 책 목록

순서	제목	지은이	출판사
81			
82			
83			
84			
85			
86			
87			
88			
89			
90			
91			
92			
93			
94			
95			
96			
97			
98			
99			
100			

순서	제목	지은이	출판사
61			
62			
63			
64			
65			
66			
67			
68			
69			
70			
71			
72			
73			
74			
75			
76			
77			
78			
79			
80			

읽고 싶은 책 목록

순서		제목	지은이	출판사
81				
82				
83				
84				
85				
86				
87				
88				
89				
90				
91				
92				
93				
94				
95				
96				
97				
98				
99				
100				

순서	제목	지은이	출판사
101			
102			
103			
104			
105			
106			
107			
108			
109			
110			
111			
112			
113			
114			
115			
116			
117			
118			
119			
120			

기획 **여희숙**

교육대학을 졸업하고 마산, 하동, 광양, 포항에서 오랫동안 교사로 일했다. 독서 지도라는 말조차 없었던 30년 전부터 아이들과 이런저런 형태의 독서 노트를 만들고 써왔다. 책읽기를 싫어하는 아이들뿐만 아니라 책읽기를 어려워하는 성인들도 독서 노트를 통해 책을 좋아하게 되고, 기록한 내용을 되새기며 삶을 더욱 넉넉하게 꾸려가는 모습을 보면서 《보물상자》를 기획하게 되었다. 지금은 교사를 그만두고 NGO 대학원에서 공부를 하며 도서관 지원 단체인 '한국도서관친구들' 활동을 하고 있다. 또 '(사)행복한 아침독서'의 홍보대사이기도 하다. 전라북도의 한 초등학교에서 '책 읽는 학교' 가꾸기를 6년째 하고 있으며, 서울에서 제주까지 '밑줄독서모임'을 만들고 진행하고 있다. 그 외에도 전국의 교육청과 연수원, 학교와 도서관에서 교사와 학부모를 대상으로 독서와 토론, 도서관에 관한 강의를 하고 있다. 지은 책으로는 《책 읽는 교실》 《토론하는 교실》 《도서관친구들이야기》 《아이는 도서관에서 자란다》 등이 있다.

보물상자

2010년 3월 22일 초판 1쇄 발행. 2023년 7월 3일 초판 8쇄 발행. 여희숙이 기획하고, 도서출판 샨티에서 박정은이 펴냅니다. 편집은 이홍용이, 표지 및 본문 디자인은 박소희가 하였으며, 마케팅은 이강혜가 합니다. 인쇄는 굿에그커뮤니케이션, 제본은 책다움에서 각각 하였습니다. 출판사 등록일 및 등록번호는 2003. 2. 11. 제2017-000092호이고, 주소는 서울시 은평구 은평로3길 34-2, 전화는 (02) 3143-6360, 팩스는 (02) 6455-6367, 이메일은 shantibooks@naver.com입니다.

ISBN 978-89-91075-62-7 04810
ISBN 978-89-91075-63-4 (세트)

순서	제목	지은이	출판사
101			
102			
103			
104			
105			
106			
107			
108			
109			
110			
111			
112			
113			
114			
115			
116			
117			
118			
119			
120			

기획 **여희숙**

교육대학을 졸업하고 마산, 하동, 광양, 포항에서 오랫동안 교사로 일했다. 독서 지도라는 말조차 없었던 30년 전부터 아이들과 이런저런 형태의 독서 노트를 만들고 써왔다. 책읽기를 싫어하는 아이들뿐만 아니라 책읽기를 어려워하는 성인들도 독서 노트를 통해 책을 좋아하게 되고, 기록한 내용을 되새기며 삶을 더욱 넉넉하게 꾸려가는 모습을 보면서《보물상자》를 기획하게 되었다. 지금은 교사를 그만두고 NGO 대학원에서 공부를 하며 도서관 지원 단체인 '한국도서관친구들' 활동을 하고 있다. 또 '(사)행복한 아침독서'의 홍보대사이기도 하다. 전라북도의 한 초등학교에서 '책 읽는 학교' 가꾸기를 6년째 하고 있으며, 서울에서 제주까지 '밑줄독서모임'을 만들고 진행하고 있다. 그 외에도 전국의 교육청과 연수원, 학교와 도서관에서 교사와 학부모를 대상으로 독서와 토론, 도서관에 관한 강의를 하고 있다. 지은 책으로는《책 읽는 교실》《토론하는 교실》《도서관친구들이야기》《아이는 도서관에서 자란다》등이 있다.

보물상자

2010년 3월 22일 초판 1쇄 발행. 2023년 7월 3일 초판 8쇄 발행. 여희숙이 기획하고, 도서출판 샨티에서 박정은이 펴냅니다. 편집은 이홍용이, 표지 및 본문 디자인은 박소희가 하였으며, 마케팅은 이강혜가 합니다. 인쇄는 굿에그커뮤니케이션, 제본은 책다움에서 각각 하였습니다. 출판사 등록일 및 등록번호는 2003. 2. 11. 제2017-000092호이고, 주소는 서울시 은평구 은평로3길 34-2, 전화는 (02) 3143-6360, 팩스는 (02) 6455-6367, 이메일은 shantibooks@naver.com입니다.

ISBN 978-89-91075-62-7 04810
ISBN 978-89-91075-63-4 (세트)